Pum rheswm par

chi'n dwlu ar Ann

Dewch i gwrdd ag Annalisa –
mae hi'n gwbl arbennig!

Mae Bwni Binc, ei hoff degan,
wedi dod yn fyw trwy hud a lledrith!

Pa fath o barti pen-blwydd
yw eich ffefryn chi?

Mae teulu Annalisa'n
wahanol iawn!

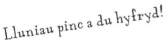
Lluniau pinc a du hyfryd!

Pa fath o barti pen-blwydd yw eich ffefryn chi?

Yn fy hoff barti i roedd 'na bob math o gemau gwahanol.
– Ffion

Môr-ladron oedd thema fy mharti i. Roedd gen i barot!
(Ddim un go iawn!)
– Cian

Dwi wrth fy modd yn cael parti
cysgu gyda ffrindiau ac aros
lan yn hwyr.
– Ela

Mae unrhyw barti'n wych –
os nad oes bechgyn yno!
– Hanna

Y partïon gorau yw'r rhai lle rydyn ni'n
chwarae cuddio yn yr ardd!
– Lili

Fy mharti gorau i oedd pan
aeth Dad â fi a'm ffrind
gorau i'r sinema.
– Sam

Coeden Deulu

Mam
Yr Iarlles Ceinwen Swyn

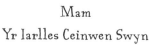

Babi Blodyn

Dad
Yr Iarll Caleb Swyn

Fi!
Annalisa Swyn

Bwni Binc

I fampirod, tylwyth teg a phlant go iawn ym mhob man!

Ac i Georgina, fy chwaer annwyl.

Cyhoeddwyd gan Rily Publications Ltd 2018
Rily Publications Ltd, Blwch Post 257, Caerffili CF83 9FL
Hawlfraint yr addasiad © Rily Publications Ltd 2018
Addasiad gan Eleri Huws

Cyhoeddwyd gyntaf yn Saesneg fel *Isadora Moon Has a Birthday* yn 2016
gan Oxford University Press, adran o Brifysgol Rhydychen.

ISBN 978-1-84967-012-8
Hawlfraint y testun a'r darluniau © Harriet Muncaster, 2016
Argraffwyd gan Bell and Bain Ltd, Glasgow

Cyhoeddwyd gyda chymorth ariannol Cyngor Llyfrau Cymru.

RILY

rily.co.uk

ANNALISA SWYN

yn cael Pen-blwydd

Harriet Muncaster

Addasiad Eleri Huws

Pennod
UN

Dyma fi – Annalisa Swyn! A dyma Bwni Binc.
Am mai hi oedd fy hoff degan, defnyddiodd
Mam hud a lledrith i'w gwneud hi'n fyw.
Mae hi'n dod i bobman gyda fi – hyd yn
oed i bartïon pen-blwydd!

Ers i mi ddechrau yn yr ysgol i blant go iawn, dwi wedi bod mewn llawer o bartïon pen-blwydd! Maen nhw'n wahanol iawn i'r partïon ry'n ni'n eu cael gartref. Tan hynny, do'n i ddim ond wedi bod mewn partïon fampirod neu dylwyth teg. Pam? Wel, oherwydd bod Mam yn dylwythen deg, a Dad yn fampir. Ydyn, wir!

A wyddoch chi beth ydw i?

Dwi'n hanner tylwythen deg, hanner fampir!

Am sbel do'n i ddim yn siŵr ble ro'n i'n perthyn, ond ar ôl dechrau mynd i'r ysgol gyda phlant go iawn ro'n i'n gweld bod pawb yn wahanol ond yn arbennig yn ei ffordd ei hun. A dyna'r ffordd orau i fod.

Dwi wir wedi mwynhau parti pen-blwydd pob un o'm ffrindiau. Roedden nhw i gyd mor wahanol! Ac ro'n i'n edrych 'mlaen at fy mhen-blwydd er mwyn i minnau gael fy mharti fy hun.

'Gobeithio y byddi di'n dewis cael parti fampirod eleni,' meddai Dad.

'Mmm,' atebais. 'Gawn ni weld …'

Do'n i wir ddim yn meddwl bod hynny'n syniad da. Dwi'n siŵr y byddai fy ffrindiau'n teimlo'n ofnus. Mae fampirod yn cael parti yng nghanol nos, ac mae pawb yn gorfod gwisgo'n smart, a gwneud yn siŵr bod eu gwallt yn daclus. Mae fampirod yn hoffi edrych yn berffaith bob amser. Maen nhw'n chwarae gemau wrth hedfan, ac yn saethu fel mellt ar draws yr awyr. Dyw f'adenydd bach i byth yn gallu fflapian yn ddigon cyflym, a dwi'n blino wrth geisio'u dilyn. Yn waeth na dim, mae fampirod yn bwyta bwyd coch ac yfed diodydd coch yn eu partïon nhw.

'Beth am barti tylwyth teg?' awgrymodd Mam. 'Byddai hynny'n hyfryd!'

Meddyliais am y parti tylwyth teg roedd Mam wedi'i drefnu i mi pan o'n i'n bedair oed. Mae tylwyth teg wrth eu bodd yn yr awyr agored, felly ces i barti nofio mewn afon yn y goedwig. Ond roedd y dŵr yn rhewllyd o oer, ac yn llawn o blanhigion a physgod!

Roedd Mam wedi neidio i mewn i'r dŵr gyda'r tylwyth teg eraill. 'Mae hyn yn WYCH!' llefodd.

Ond sefyll yn fy unfan gan grynu fel deilen wnes i. Eisteddodd Bwni Binc ar graig yn yr afon. Dyw hi ddim yn hoffi gwlychu'i ffwr.

'Byddai'n well gen i gael parti plant go iawn, fel fy ffrindiau yn yr ysgol,' dywedais i wrth Mam a Dad. 'Maen nhw'n llawer mwy o hwyl.'

'Amhosib!' taranodd Dad. 'Does dim byd yn fwy o hwyl na pharti fampirod. Meddylia am yr holl fwyd coch blasus 'na!'

'Byddai parti nofio arall yn wych,' meddai Mam. 'Wedyn, gallen ni gynnau tân bach yn y goedwig, a chreu coron o flodau i bawb.'

'Ond mae 'na bob math o hwyl yn digwydd mewn parti plant go iawn,' dywedais. 'Pliiiis, ga i un fel 'na?'

'Pa fath o hwyl?' holodd Mam yn amheus.

'Wel,' atebais, 'ym mharti Sioned yr
wythnos ddiwethaf, roedd pawb yn gwisgo
rhywbeth arbennig. Parti gwisg ffansi
oedd e.'

'A-ha!' meddai Dad. 'Dyna pam roeddet ti'n gwisgo clustiau mawr, felly?'

'Ie, ro'n i wedi gwisgo fel Bwni Binc,' atebais, 'ac roedd Bwni Binc wedi gwisgo fel fi! Roedd e'n hwyl! Gawson ni hufen iâ a chacen a bagiau parti – ac fe fuon ni'n chwarae pasio'r parsel.'

'Pasio'r *beth*?' holodd Mam mewn penbleth.

'Pasio'r parsel,' atebais. 'Mae pawb yn eistedd mewn cylch ac yn pasio parsel o un i'r llall. Ac ar y diwedd mae un plentyn yn cael syrpréis!'

'Wel wir!' meddai Mam yn syn. 'A beth yw'r bagiau parti 'ma?'

'Ar ddiwedd y parti, mae pawb yn cael

bag i fynd adre gyda nhw,' esboniais. 'Mae
'na anrheg fach ynddo fe, a darn o gacen
ben-blwydd.'

'Chlywais i erioed y fath
beth,' meddai Dad gan
ysgwyd ei ben.

'Ac ym mharti Osian,'
ychwanegais, 'roedd 'na
gastell bownsio – a dewin!'

'Mae dewin yn syniad da,' cytunodd
Mam gan wenu o'r diwedd.

'Ond un esgus oedd e,' esboniais. 'Doedd
e ddim yn gallu gwneud hud a lledrith go
iawn, fel rwyt ti'n wneud gyda dy hudlath.'

'Ond pam?' holodd Mam. 'Beth yw
pwynt peth felly?'

'Sa i'n gwybod pam – ond pliiis ga i
barti fel y plant go iawn eraill?' ymbiliais.

Ochneidiodd Mam a Dad ac edrych ar
ei gilydd.

'O'r gorau 'te,' meddai Mam o'r diwedd.
'Gallen ni roi cynnig arni, sbo.'

'Hwrêêêê!' gwaeddais, wrth i Bwni
Binc a fi neidio lan a lawr yn gyffrous.
'Diolch yn fawr!'

Dyw Bwni Binc ddim yn gallu
gweiddi, ond chwifiodd ei phawennau'n
hapus yn yr awyr.

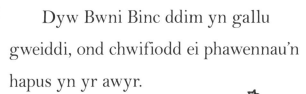

Pan ddaeth yr amser i drefnu'r parti,
roedd Mam a Dad yn brysur iawn.

'Gad y cyfan i ni,' medden nhw. 'Dy'n ni ddim angen unrhyw help.'

'Y'ch chi'n siŵr eich bod chi wedi cofio popeth?' holais yn nerfus.

'O ydyn,' atebodd Dad yn bendant. 'Mae'r rhestr gen i: pasio'r parsel, dewin, cacen, balŵns, anrhegion, castell bownsio, gwisg ffansi, bagiau parti …'

'Hwn fydd y parti gorau erioed!' meddai Mam yn hapus.

'Peidiwch ag anghofio'r gwahoddiadau,' dywedais, 'neu fydd neb yn dod!'

'Dim problem,' meddai Dad, gan ysgrifennu'r gair *Gwahoddiadau* ar waelod y rhestr.

Y diwrnod wedyn, pan oedd y dosbarth yng nghanol gwers fathemateg, fe glywson ni sŵn mawr y tu allan – FFLAP! FFLAP! FFLAP!

'Beth yn y byd yw hwnna?' gofynnodd Miss Morgan gan ruthro at y ffenest.

A dyna i chi olygfa anhygoel!
Roedd haid o amlenni bach pinc yn hedfan
drwy'r awyr ar adenydd ystlumod, ac yn
tap-tapian ar y ffenest wrth geisio dod i
mewn. 'O mam bach! Beth wna i?' llefodd
Miss Morgan.

Roedd fy wyneb i'n goch fel tomato.
Y fath gywilydd!

'Agorwch y ffenest, Miss,' gwaeddodd
Osian, 'i ni gael gweld beth y'n nhw!'

'O na, peidiwch wir!' llefodd Sara, gan
neidio o dan y ddesg mewn braw.

O'r diwedd, llwyddodd un o'r amlenni
i wasgu drwy ffenest oedd yn gilagored.
Dilynodd y gweddill gan fflap-fflapian yn
swnllyd. Bob yn un, glaniodd yr amlenni ar

ddesgiau'r plant.

Rhwygodd Osian ei amlen ar agor. 'Gwahoddiad yw e!' llefodd.

'I barti pen-blwydd yn nhŷ Annalisa!' meddai Sioned.

'Parti gwisg ffansi – hwrê!' gwaeddodd rhywun arall.

Ond er bod y plant wrth eu boddau, doedd Miss Morgan ddim yn edrych yn rhy hapus. A dweud y gwir, roedd hi'n grac iawn.

'Dwi'n synnu atat ti, Annalisa,' meddai, 'yn torri ar draws y wers fel hyn. Dyw e ddim digon da.'

'Sorri, Miss,' sibrydais, gan obeithio
y byddai'r llawr yn agor a'm llyncu i'n gyfan.

ANNWYL: Osian

Gwahoddiad i barti pen-blwydd
Annalisa Swyn!

PRYD: Dydd Sadwrn

BLE: Y tŷ mawr pinc a du

AMSER: 10 y bore ~ 3 y pnawn

Anfona ateb, os gweli di'n dda

O.N. Cofia wisgo gwisg ffansi!

Pan gyrhaeddais adre y pnawn hwnnw, ro'n i mewn hwyliau drwg. Llamais yn bwdlyd i'r gegin, lle roedd Mam a Dad yn brysur yn gwneud addurniadau ar gyfer y parti.

'Roedd Miss Morgan yn grac iawn 'da fi heddiw am dorri ar draws y wers,' dywedais. 'Pam yn y byd wnaethoch chi anfon y gwahoddiadau ystlum 'na?'

'Ond roedden nhw'n anhygoel!' meddai Dad yn syn. 'Welaist ti pa mor daclus oedd fy llawysgrifen i?'

'Oedd dy ffrindiau di'n eu hoffi?' gofynnodd Mam.

'Wel, oedden … ond doedden nhw ddim fel gwahoddiadau go iawn.'

'Beth wyt ti'n feddwl?' gofynnodd Mam yn bigog.

'Fel arfer, mae'r plant yn eu *rhoi* nhw i'w ffrindiau,' atebais. 'Dy'n nhw ddim yn *hedfan*!'

Pen-blwydd Hapus

'Hy! Dyna ddiflas!' meddai Dad yn sych, gan gario 'mlaen i ludo sêr ar glamp o faner fawr.

'Ry'ch chi *yn* trefnu parti plant go iawn, on'd y'ch chi?' holais yn bryderus.

'Wrth gwrs ein bod ni, bach,' atebodd

Dad gan ddangos y rhestr i mi. 'Paid â becso. Mae'r cyfan dan reolaeth.'

Edrychais ar y rhestr eto. 'Pasio'r parsel, dewin, cacen, balŵns, anrhegion, castell bownsio, gwisg ffansi, bagiau parti … Iawn – gall "Gwahoddiadau" gael ei groesi o'r rhestr nawr. Does dim rhaid cynnwys *popeth*, cofiwch. Dim ond un neu ddau o'r pethau yma mae plant go iawn yn eu cael.'

'Wrth gwrs,' atebodd Dad.

Es i wneud brechdan fêl i mi fy hun, cyn dringo'r grisiau i'm stafell wely yn y tŵr.

Pennod
DAU

Ar fore fy mhen-blwydd, deffrais yn gynnar.
Roedd yr haul yn tywynnu, a'r adar bach
yn canu.

'Amser codi!' dywedais wrth Bwni
Binc. 'Mae heddiw'n ddiwrnod pwysig!' A
hedfanodd y ddwy ohonon ni i lawr i'r gegin.

Roedd Mam, Dad a Babi Blodyn, fy
chwaer fach, yn aros amdana i, ac roedd

brecwast yn barod.

Ar y bwrdd o flaen fy nghadair i roedd 'na barsel wedi'i lapio mewn papur pinc a rhuban mawr sgleiniog. Ro'n i'n teimlo *mor* gyffrous!

'Pen-blwydd hapus, Annalisa!' meddai Mam a Dad, yn wên o glust i glust. Roedden nhw wrthi'n bwyta'u brecwast – bowlen o iogwrt neithdar a ffrwythau i Mam, a sudd coch i Dad. Roedd Babi Blodyn yn eistedd yn ei chadair uchel ac yn chwifio'i photel o laeth pinc yn yr awyr.

Eisteddais wrth y bwrdd. 'Ga i agor fy anrheg nawr?' gofynnais.

'Cei, wrth gwrs,' atebodd Mam. 'Dim ond un anrheg sy gen ti eleni – ond mae hi'n un arbennig iawn, iawn.'

Cydiais yn y parsel, ac ro'n i ar fin rhwygo'r papur pan ...

DING DONG!

Cipiodd Mam y parsel allan o 'nwylo a

neidio ar ei thraed.

'Rhaid taw Dylan, dy gefnder, sy 'na,' meddai. 'Mae e wedi cyrraedd yn gynnar. Rhaid i ni guddio'r anrheg 'ma neu fe fydd e'n eiddigeddus iawn.'

Gwthiodd y parsel i mewn i'r cwpwrdd dan y sinc a rhuthro i agor y drws.

'Gei di ei agor e'n nes 'mlaen, bach,' sibrydodd Dad wrth weld yr olwg siomedig ar fy wyneb.

'Bore da, bawb!' meddai Dylan wrth gamu i mewn i'r gegin. Roedd e'n gwisgo clogyn hir, du a sêr arian drosto i gyd, ac ar ei ben roedd het bigfain.

Dewin yw Dylan. Wel, *dysgu* sut i fod

yn ddewin mae e ar hyn o bryd. Oherwydd
ei fod e'n hŷn na fi, mae'n credu ei fod yn
gwybod y cyfan – ond dyw e ddim!

'Pen-blwydd hapus, Annalisa,' meddai
mewn llais pwysig gan wthio'i frest allan

ac edrych i lawr ei drwyn arna i.

'Fi, Dylan y Dewin, fydd yn diddanu'r plant yn dy barti di heddiw.'

'Ond … ond …' dechreuais.

'Dwi wedi paratoi llwyth o driciau gwych,' aeth Dylan yn ei flaen. 'Bydd dy ffrindiau di wrth eu bodd!'

'Diolch yn fawr i ti am ddod,' meddai Mam. 'Ry'n ni'n edrych 'mlaen.'

Do'n *i* ddim, roedd hynny'n sicr.

'Ond mae Dylan yn ddewin go iawn,' dywedais. 'Dim ond dewin esgus sy mewn parti plant fel arfer.'

Edrychodd Mam, Dad a Dylan ar ei gilydd mewn penbleth.

'Wel, am dwp!' ebychodd Dylan. 'Fydde dewin esgus yn gallu gwneud hyn?'

Ar hynny, tynnodd ei het a'i dal o'i flaen. Adroddodd rhyw air hiiiiir a chymhleth, yna gwthiodd ei law i mewn i'r het. Yn sydyn …

'AAAWWWW!' sgrechiodd yn uchel.

Ac yno, yn gafael â'i dannedd miniog ym mys Dylan, roedd clamp o gwningen wen. Er i Dylan ysgwyd ei fraich yn wyllt, doedd y gwningen ddim yn fodlon gollwng ei gafael.

'HELPWCH FI!' sgrechiodd.

Dechreuodd Babi Blodyn lefain, a chuddiodd Bwni Binc ei llygaid â'i phawennau.

Diolch byth, cipiodd Mam ei hudlath oddi ar y bwrdd a'i chwifio yn yr awyr. Diflannodd y gwningen wen …

Daliodd Dylan i sgrechian am sbel, cyn sylweddoli bod y gwningen wedi mynd. 'Ie, wel . . .' meddai o'r diwedd, gan syllu ar ei fys coch, poenus, 'falle y dylwn i gael mwy o ymarfer cyn rhoi cynnig ar y tric yna eto.'

'Ie, syniad da,' cytunodd Dad. 'Beth am i ti fynd i ymarfer tipyn cyn i'r plant gyrraedd?'

'Fe fyddan nhw yma'n fuan,' meddai Mam gan edrych ar y cloc. 'Annalisa – mae'n hen bryd i ti fynd i newid i dy wisg ffansi.'

Gafaelais ym mhawen Bwni Binc a rhedeg i fyny'r grisiau.

Wrth i mi newid i 'ngwisg ffansi, ro'n i'n teimlo'n gyffrous – ond yn eitha nerfus hefyd. Beth fyddai fy ffrindiau'n ei feddwl o 'nheulu i, tybed? Doedd 'run o'r plant wedi cwrdd â Mam a Dad o'r blaen, ac roedden nhw *mor* wahanol i'w rhieni nhw! A beth am Dylan y Dewin? Gobeithio'n wir na fyddai'n dangos ei hun a mynd dros ben llestri …

'O, waw!' ebychodd Dad wrth i mi ddod i lawr yn fy ngwisg ffansi. 'Rwyt ti'n edrych yn union fel ystlum! Pert iawn!'

Y noson cynt, roedd Dad wedi fy helpu i wneud y wisg.

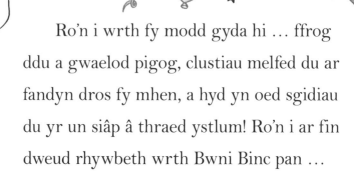

Ro'n i wrth fy modd gyda hi … ffrog ddu a gwaelod pigog, clustiau melfed du ar fandyn dros fy mhen, a hyd yn oed sgidiau du yr un siâp â thraed ystlum! Ro'n i ar fin dweud rhywbeth wrth Bwni Binc pan …

DING DONG!

Rhuthrais i agor y drws. Sioned oedd yno, gyda'i mam. Roedd Sioned wedi'i gwisgo fel cath ddu.

'Pen-blwydd hapus, Annalisa!' meddai, gan roi parsel wedi'i lapio mewn papur pinc a rhuban i mi.

'O, dyna hwyl,' meddai mam Sioned.
'Mae dy rieni mewn gwisg ffansi hefyd.
Welais i 'rioed wisg tylwythen deg mor
hyfryd ag un dy fam! Wel wir – maen nhw

wedi gwneud jobyn wych o addurno'r tŷ hefyd! Ble cawson nhw'r goleuadau ystlum 'na, tybed?'

'Ym … nid dim ond ar gyfer y parti …' dechreuais esbonio, ond torrodd mam Sioned ar fy nhraws.

'Rhaid i mi fynd,' meddai gan roi sws ar foch ei merch. 'Wela i di'n nes 'mlaen, Sioned. Joia!' Ac i ffwrdd â hi ar frys.

Osian oedd y nesaf i gyrraedd – mewn gwisg fampir.

'Gwych!' ebychodd Dad wrth ei weld.

'Do'n i ddim yn gwybod dy fod ti wedi gwahodd fampir i dy barti, Annalisa!'

'Dyw e ddim yn fampir go iawn,' dechreuais egluro, 'dim ond …'

'Fe af i nôl gwydraid o sudd coch i ti nawr, Osian,' meddai Dad gan frysio at yr oergell.

DING DONG!

Agorodd Mam y drws, a gweld Sara'n sefyll yno wedi'i gwisgo fel tylwythen deg.

'Hyfryd!' ebychodd. 'Do'n i ddim wedi sylweddoli bod Annalisa wedi gwahodd tylwythen deg i'r parti! Yn nes 'mlaen, fe gawn ni hwyl yn siarad am fyd natur!' Cydiodd Mam yn llaw Sara a'i harwain i mewn i'r gegin.

Pan oedd pawb wedi cyrraedd, aethon ni i gyd i mewn i'r neuadd fawr.

'WAW!' gwaeddodd fy ffrindiau i gyd wrth weld y lle. Chwarae teg i Mam a Dad, roedd y neuadd yn edrych yn WYCH! Roedd sêr bach disglair yn hongian o'r nenfwd, a dwsinau o falŵns pinc a du dros y llawr ym mhobman.

Dechreuodd pawb redeg o gwmpas, gan chwerthin yn hapus a chwarae gyda'r balŵns.

Gobeithio bydd fy mharti i'n lot o hwyl, fel partïon plant go iawn, meddyliais.

Pennod TRI

'Mae'n amser chwarae pasio'r parsel!' galwodd Dad. Erbyn hyn, roedd e'n gwisgo sbectol haul smart i gysgodi'i lygaid rhag y golau. Gan fod fampirod fel arfer yn cysgu drwy'r dydd, roedd hi'n dal yn gynnar y bore i Dad fod ar ddihun. 'Pawb yn gwybod rheolau'r gêm?' gofynnodd, gan godi clamp o barsel yn ei freichiau.

Eisteddodd pawb ar lawr mewn cylch, a rhoddodd Dad y parsel i un o'r plant. 'Iawn 'te,' meddai, 'bant â ti – pasia fe o gwmpas.'

Edrychodd pawb ar ei gilydd mewn penbleth. Roedd rhywbeth ar goll …

'Ble mae'r gerddoriaeth?' sibrydais

wrth Dad. 'Rhaid i ni gael cerddoriaeth!'

'Beth wnawn ni?' sibrydodd Dad wrth Mam.

Yn sydyn, agorodd Mam ei cheg a dechrau canu rhyw gân dylwyth teg ryfedd iawn.

Y fath gywilydd! meddyliais, gan deimlo fy wyneb yn cochi. Dechreuodd rhai o'm ffrindiau chwerthin.

'Ie, dyna chi – daliwch i basio'r parsel o gwmpas y cylch!' meddai Dad.

Rownd a rownd ag e … ac eto … ac eto.

Dechreuais feddwl pryd, o pryd, fyddai Mam yn stopio canu, ac ro'n i ar fin sibrwd eto wrth Dad, pan, yn sydyn, daeth CLEC! anferth o gyfeiriad y parsel.

'SYRPRÉIS!' gwaeddodd Dad wrth i'r parsel ffrwydro'n swnllyd yn nwylo Osian. Saethodd tân gwyllt lliwgar ohono, ac ymhen dim roedd gwreichion pinc a sêr arian yn troelli a chwyrlïo, gan lenwi pob twll a chornel o'r stafell.

'O, na!' llefais wrth Bwni Binc, gan roi fy mhen yn fy nwylo.

Ond doedd fy ffrindiau'n becso dim.
A dweud y gwir, roedden nhw wrth
eu boddau! Cododd pawb ar eu traed a
dechrau dawnsio dan y gawod o wreichion
disglair, i gyfeiliant Mam yn canu.

'Dwi'n teimlo fel taswn i mewn gwlad
hud a lledrith!' sibrydodd Sali.

Dawnsiodd pawb am hydoedd, nes bod
y gwreichion i gyd wedi diflannu a phawb
wedi blino'n lân.

'Amser am hoe fach nawr,' cyhoeddodd
Dad. 'Ac mae'n bleser gen i gyflwyno'n
gwestai arbennig ni. Rhowch groeso i …
Dylan y Dewin!'

Martsiodd Dylan i mewn, ei glogyn
yn chwifio o'i gwmpas. 'Eisteddwch, bawb,'

meddai'n ffroenuchel. 'Nawr 'te, pwy
fyddai'n hoffi cael ei droi'n focs o frogaod?'

Dyma Bleddyn yn codi'i law'n eiddgar.
Suddodd fy nghalon.

'Fi, fi!' llefodd.

'Dere i'r blaen,' meddai Dylan,
ac aeth Bleddyn i sefyll
wrth ei ochr.

Cododd Dylan un fraich, cau ei lygaid, a gwthio'i frest allan. Gyda'r fraich arall, pwyntiodd at Bleddyn a bloeddio'n uchel, 'ALABROGAGA!'

BANG! CLEC! Yn sydyn, roedd y stafell yn llawn o fwg pinc.

Doedd dim golwg o Bleddyn yn unman, ac yn ei le safai bocs mawr. Roedd synau od yn dod ohono – Crawc! Crawc!

'WAW!' gwaeddodd fy ffrindiau mewn rhyfeddod. 'Am dric ANHYGOEL!'

Gwyliodd pawb wrth i haid o frogaod neidio o'r bocs a sgrialu i bob cyfeiriad.

Gwenodd Dylan y Dewin yn falch.

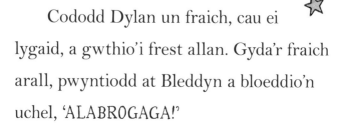

'Hwrê!'
gwaeddodd pawb.

Doedd Sara ddim mor
hapus. 'Ych, dwi'n casáu brogaod,'
llefodd. 'Hen bethe sleimi! Cadwch
nhw'n ddigon pell oddi wrtha i!'

Ond roedd Dylan wedi mynd
i hwyl erbyn hyn.

'Pwy fyddai'n hoffi
'ngweld i'n tynnu
cwningen o'r het?'
gofynnodd.

Dechreuodd pawb guro
dwylo – wel, pawb ond Bwni Binc. Roedd
golwg ofnus iawn arni hi.

Gwisgodd Dylan bâr o fenig trwchus.

'Rhag ofn i'r gwningen gnoi, ontefe,' meddai gan wincio. Chwarddodd pawb.

Yn sydyn, meddyliais am rywbeth pwysig.

'Ym, Dylan …' dechreuais, 'beth am Bleddyn?'

'Beth amdano fe?' gofynnodd Dylan yn bowld.

'Dwyt ti ddim yn meddwl ei bod yn hen bryd i ti ei droi e'n ôl yn fachgen?' awgrymais yn bryderus.

'O, ie, bron i mi anghofio,' atebodd dan chwerthin. 'Ond cyn hynny …'

Tynnodd ei law o'r het, ac ynddi roedd clamp o lygoden fawr wen.

'Llygoden fawr yw honna, twpsyn,

58

nid cwningen!' galwodd un o'r bechgyn.

Dechreuodd pawb chwerthin – roedd

Dylan y Dewin yn WYCH! Edrychodd

Dylan yn siomedig ar y creadur.

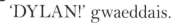

'DYLAN!' gwaeddais.

'Gwna rywbeth ynghylch Bleddyn druan! Nawr!'

'Iawn, iawn,' meddai Dylan yn bigog. 'Ond yn gyntaf, rhaid i chi ddala bob un o'r brogaod. Fel arall, falle daw Bleddyn yn ôl gyda dim ond un glust neu rywbeth.'

'Fedrwn ni ddim gadael i Bleddyn fynd adre gyda dim ond un glust!' llefais. 'Dewch, bawb – rhaid i ni chwilio am y brogaod 'na!'

'Gad i mi helpu!' meddai Mam gan chwifio'i hudlath yn yr awyr.

'Na, na,' atebodd Dylan. 'Galla i ddod i

ben yn iawn heb help, diolch yn fawr.'

O'r diwedd, roedd pob un o'r brogaod yn ôl yn ddiogel yn y bocs. Edrychodd pawb yn ddisgwylgar ar Dylan.

'Peidiwch â syllu arna i,' meddai. 'Mae'n fy ngwneud i'n nerfus.'

Trodd Dylan ei gefn ar bawb, a chwifio'i freichiau yn yr awyr. Eisteddodd pawb yn dawel … ac aros. BANG! CLEC! SWISH! O'r diwedd, daeth Bleddyn i'r golwg mewn cwmwl o fwg.

'Crawc!' meddai.

'Wps! Aros funud,' dywedodd Dylan. 'Dwi wedi anghofio rhywbeth!' Chwifiodd ei freichiau eto, ac adrodd rhyw eiriau hud a lledrith.

Roedd golwg ddryslyd iawn ar
Bleddyn wrth iddo agor ei lygaid yn araf,
ond ro'n i *mor* falch o glywed geiriau go
iawn yn dod mas o'i geg y tro hwn!
'WAW!' llefodd. 'ANHYGOEL!'

Gwelodd Dad ei gyfle. 'Nawr 'te, blant, mae'n bryd i ni symud 'mlaen at y peth nesaf.'

'Ond dwi ddim wedi gorffen gwneud fy nhriciau eto, Wncwl Caleb!' protestiodd Dylan.

'Dwi'n credu dy fod ti,' meddai Dad yn bendant. 'Reit – pwy sy'n barod i fynd ar y castell bownsio?'

'Hwrê!' gwaeddodd pawb, a rhuthro am y drws cefn.

Roedd hyn yn mynd i fod yn grêt ac yn union fel parti pen-blwydd go iawn.

Pennod

PEDWAR

'Dewch gyda mi, blant,' galwodd Dad, gan arwain y ffordd i'r ardd.

Safodd Mam o'n blaenau, a chodi'i hudlath yn uchel. Saethodd edau arian o'r seren ar flaen yr hudlath a lapio'i hun o gwmpas un o'r cymylau tew, gwlanog oedd yn yr awyr. Yn ofalus, ofalus, tynnodd Mam y cwmwl i lawr a'i glymu i'r ddaear.

'Mae cwmwl yn gwneud castell bownsio gwych,' meddai wrth bawb. 'Dewch i weld pa mor feddal ac ysgafn yw e!'

Do'n i ddim yn hapus o gwbl. Ond roedd llygaid fy ffrindiau fel soseri, a phawb yn sgwrsio'n hapus! Rhuthron nhw at y cwmwl.

'I ffwrdd â chi!' galwodd Mam. 'Mwynhewch! Ry'n ni'n dau am fynd i'r tŷ nawr i roi canhwyllau ar y gacen ben-blwydd.'

Sioned oedd y gyntaf i fentro ar y cwmwl.

'O, mae e mor feddal!' llefodd wrth fownsio lan a lawr. ''Drychwch pa mor uchel dwi'n gallu mynd!'

Gwyliais wrth i'r plant eraill ymuno â hi. Ymhen dim, roedd y cwmwl yn llawn o blant yn llamu a bownsio a gweiddi'n gyffrous.

Mae pawb yn cael amser da, meddyliais, hyd yn oed Sara. Man a man i minnau fynd atyn nhw – beth all fynd o'i le?

'WIIIII!' gwaeddais gan neidio'n uchel a glanio ar y cwmwl meddal. 'Dwi'n hedfan!'

Ro'n i'n teimlo *mor* hapus wrth weld fy ffrindiau'n cael amser da – roedd e cystal bob tamed â pharti plant go iawn!

Ond yng nghanol yr holl weiddi a sgrechian a neidio, sylwais ar Dylan y Dewin yn cerdded i lawr llwybr yr ardd. Safodd wrth ymyl y cwmwl a syllu arnon ni.

'Hoffech chi allu neidio hyd yn oed yn uwch?' gofynnodd. 'Gan 'mod i heb gael cyfle i orffen fy sioe, gallwn i wneud tipyn mwy o hud a lledrith!'

'O, ie! Byddai hynny'n grêt!' llefodd pawb. Wel, pawb ond fi.

'Dwi ddim yn credu y byddai hynny'n syniad da …' dechreuais.

'Twt lol!' wfftiodd Dylan. 'Byddai'r

plant yn hoffi gallu bownsio'n uwch, 'yn byddech chi?' Cytunodd pawb a gweiddi'n gyffrous.

'Iawn 'te. Gwyliwch hyn!' Cododd Dylan ei freichiau i'r awyr a'u chwifio'n wyllt. Saethodd cawod o wreichion o flaenau'i fysedd.

Wrth i'r cwmwl ddechrau crynu ac ysgwyd, roedd y plant yn neidio'n uwch ac yn uwch gan sgrechian yn hapus.

'Waw!' gwaeddodd Bleddyn. 'Mae hyn yn ANHYGOEL!'

'Ti'n gweld, Annalisa,' meddai Dylan, 'mae pawb yn cael llawer mwy o hwyl nawr. Dylet ti ymlacio tipyn, a dysgu sut i fwynhau dy hun.'

Ond fedrwn i ddim ymlacio. Doedd pethau ddim yn iawn, rhywsut. Roedd y cwmwl yn ysgwyd yn beryglus o ochr i ochr.

'Neidiwch i ffwrdd, bawb!' sgrechiais, wrth weld y cwmwl yn dechrau codi i'r awyr. Ond doedd neb yn gwrando. Mewn panig, gafaelais ym mraich Dylan.

'Mae'r cwmwl ar fin hedfan i ffwrdd!' llefais.

'Rwyt ti'n dychymygu pethau!' atebodd Dylan gan rolio'i lygaid.

'Nac ydw!' mynnais, gan bwyntio at y pegiau oedd yn cysylltu'r cwmwl â'r ddaear. PING! PING! PING! Bob yn un, popiodd y pegiau allan o'r pridd a dechreuodd y cwmwl godi'n araf i'r awyr.

'Wps! Falle dy fod ti'n iawn,' meddai Dylan gan wylio'r cwmwl – a'r plant – yn codi'n uwch ac yn uwch.

'Wel gwna rywbeth, y twpsyn!' sgrechiais mewn braw. 'Rhaid i ti ddod â'r cwmwl yn ôl i lawr i'r ddaear!'

'Yn anffodus,' sibrydodd Dylan, 'fydda
i ddim yn dysgu'r tric hwnnw tan y tymor
nesaf yn Ysgol y Dewiniaid.'

Roedd yn rhaid i mi wneud *rhywbeth*.

'Aros di fan hyn,' cyfarthais ar Dylan.
'Dwi'n mynd i nôl Mam.'

Rhedais i'r gegin, lle roedd Dad yn gosod canhwyllau ar glamp o gacen fawr. 'O na!' llefodd. 'Dwyt ti ddim i fod i weld y gacen eto! Mae hi i fod yn syrpréis!'

'Mae hyn yn argyfwng!' llefais. 'Ble mae Mam?'

'Mae hi lan llofft gyda Babi Blodyn,' atebodd Dad.

'O na! O na!' bloeddiais mewn panig.

'Beth sy'n bod?' gofynnodd Dad yn bryderus.

Ro'n i ar fin esbonio pan welais yr union beth ro'n i'n chwilio amdano. Cipiais hudlath Mam oddi ar fwrdd y gegin a rhedeg yn ôl i'r ardd.

Roedd Dylan yn dal i syllu i fyny i'r awyr. 'Dacw nhw!' meddai, gan bwyntio at smotyn pitw bach yn bell, bell i ffwrdd.

Doedd dim eiliad i'w cholli. Fflapiais fy adenydd a chodi i'r awyr.

Er i mi hedfan mor
gyflym ag y gallwn, cymerodd amser
hiiiiir i mi gyrraedd y cwmwl. Doedd dim
sŵn chwerthin i'w glywed nawr. Roedd y
plant yn eistedd yn llonydd ac yn ddistaw,
a golwg ofnus iawn ar eu hwynebau. Roedd
rhai'n gorwedd ar eu boliau gan sbecian yn
nerfus dros ymyl y cwmwl.

Roedd llygaid y plant yn fawr wrth iddyn nhw syllu ar y ddaear islaw, a Bwni Binc druan yn cuddio'i llygaid â'i phawennau.

'Annalisa! Diolch byth!' llefodd Sioned wrth i mi lanio'n ysgafn yn ei hymyl. 'Roedden ni'n meddwl na fyddet ti byth yn dod!'

'Ro'n i'n ofni y bydden ni yma am byth!' meddai Osian.

Neidiodd Bwni Binc yn syth ataf i gan roi ei phawennau o gwmpas fy nghoesau.

'Mae'n wir ddrwg gen i,' dywedais. 'Fy nghefnder, Dylan y Dewin, oedd ar fai. Ddylai e fyth fod wedi rhoi rhagor o swyn ar y cwmwl.'

'Ond ry'n ni'n saff nawr dy fod ti yma,' meddai Sioned yn hapus.

Roedd hi'n llawer mwy hyderus na fi.

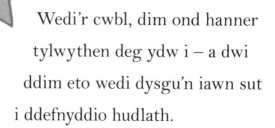

Wedi'r cwbl, dim ond hanner
tylwythen deg ydw i – a dwi
ddim eto wedi dysgu'n iawn sut
i ddefnyddio hudlath.

Gwenais, fel tasai eistedd ar
gwmwl yn uchel yn yr awyr yn
beth cwbl naturiol i'w wneud …

'Dim problem,' dywedais wrth
bawb. 'Byddwn ni'n ôl ar y ddaear mewn
chwinciad chwannen.' Ond wrth i mi
edrych ar eu hwynebau disgwylgar, roedd
fy mhengliniau'n crynu fel jeli.

'Hwrê!' gwaeddodd Osian. 'Mae
Annalisa'n mynd i'n hachub ni!'

Caeais fy llygaid, chwifio'r hudlath,
a cheisio dychmygu'r cwmwl yn arnofio'n

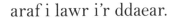

araf i lawr i'r ddaear.

Pan agorais fy llygaid, doedd y cwmwl ddim wedi symud modfedd.

O na! meddyliais yn bryderus. Caeais fy llygaid eto, a dychmygu'r cwmwl yn suddo i lawr, lawr, lawr … gan chwifio'r hudlath yr un pryd.

Ond ddigwyddodd dim byd.

'Beth sy'n bod?' holodd Sara, a'i llais yn crynu.

'Dwi ddim yn siŵr alla i wneud hyn,' sibrydais. 'Hyd yma, dwi ddim ond wedi dysgu sut i wneud rhyw swynion bach pitw gyda fy hudlath – ond mae hwn yn glamp o swyn mawr! Ac ambell dro,' cyfaddefais, 'dwi ddim yn llwyddo gyda fy swynion o gwbl!' Cofiais yn arbennig am y tro y ceisiais i wneud swyn cacen foron. Yn hytrach na chacen flasus, yr hyn ymddangosodd oedd moronen gyfan ag adenydd ystlum, a bu honno'n hedfan yn wyllt o gwmpas y gegin yn creu hafoc.

'Rhaid i ni feddwl am ryw gynllun arall, felly,' meddai Sioned yn bendant.

Caeodd Sara ei llygaid a meddwl yn galed am funud neu ddau.

'Mae Mam wastad yn dweud,' meddai o'r diwedd, 'taw'r pethau bach sy'n gwneud gwahaniaeth. Rhaid i ni, felly, feddwl am ryw swyn bach pitw fydd Annalisa'n gallu ei wneud i'n cael ni allan o'r picil 'ma.'

Pwyntiodd Sara at yr adenydd ar ei gwisg tylwythen deg. 'Alli di wneud i'r rhain fflapian go iawn?' holodd.

Edrychais yn ofalus ar ei hadenydd.

'Dwi'n fodlon rhoi cynnig arni,' dywedais.

Edrychodd Sara ar wisg ffansi pob un
o'r plant eraill.

Yn sydyn, pwyntiodd hi at Bleddyn.

'Beth am yr adenydd draig ar wisg
Bleddyn?' gofynnodd.

Edrychais ar yr adenydd o ddefnydd oedd wedi eu gwnïo ar gefn ei wisg.

'Ie, dwi'n siŵr y galla i wneud iddyn nhw fflapian hefyd!' dywedais yn gyffrous.

'Reit,' meddai Sara. 'Dyma'r syniad sy gen i. Mae gan y rhan fwyaf ohonon ni adenydd ar ein gwisg ffansi – adenydd draig gan Bleddyn, tylwythen deg gen i, a philipala gan Sali. Mae gan Osian glogyn, ac mae gen ti adenydd go iawn. Os galli di roi swyn ar yr adenydd i gyd i wneud iddyn nhw fflapian, gallai'r rhan fwyaf ohonon ni hedfan …'

'… a helpu'r rhai sy heb adenydd i gyrraedd yr ardd yn ddiogel! Syniad

GWYCH, Sara!' dywedais, gan roi clamp o gwtsh iddi hi. 'Fe rown ni gynnig arni!'

'Ga i fynd gyntaf?' gofynnodd Bleddyn, gan sefyll o 'mlaen.

Pwyntiais hudlath Mam at ei adenydd draig, a'u dychmygu nhw'n fflapian yn ysgafn.

Ddigwyddodd dim byd am sbel,
heblaw fod yr adenydd wedi newid lliw.
Ond o'r diwedd clywais
ryw 'Ping!' bach,
a dechreuodd
Bleddyn godi i'r
awyr.

'Waw!' llefodd yn
hapus. ''Drychwch
arna i!'

Sara oedd y nesaf.

Ces fwy o lwyddiant y
tro hwn, ac o fewn munud neu
ddau roedd ei hadenydd hithau'n
fflapian yn braf.

'Hwrê! Mae'r syniad yn gweithio!' meddai Sioned yn gyffrous. 'Trueni nad oes gen innau adenydd ar fy ngwisg.'

A bod yn onest, dwi'n meddwl ei bod hi braidd yn genfigennus.

Erbyn y ddau olaf ro'n i'n deall yn iawn beth i'w wneud, a chododd Osian a Sali i'r awyr heb ddim trafferth.

'Reit 'te, bawb!' galwais. 'Rhaid i ni i gyd helpu'n gilydd. Pawb sy'n gallu hedfan i gydio dwylo gyda'r rhai sy heb adenydd. Cofiwch – rhaid i ni aros gyda'n gilydd. Neb i grwydro, iawn?'

Cydiais yn Sioned gydag un llaw, a rhoddodd Bwni Binc ei phawen fach feddal yn fy llaw arall. Mewn eiliad neu ddwy roedd pawb yn hedfan yn yr awyr.

'O mam bach, dwi mor ofnus!' llefodd Sara gan edrych i lawr at y ddaear.

Roedd y tai a'r coed yn edrych fel modelau pitw bach yn bell, bell i ffwrdd.

'Bydd popeth yn iawn,' dywedais wrthi. 'Mae hyn yn hwyl, on'd yw e?'

'Ydy!' bloeddiodd Bleddyn. 'Trueni na allen ni wneud hyn bob dydd!'

'Dwi wrth fy MODD!' llefodd Osian.

Ac o dipyn i beth, gyda'n gilydd law yn llaw, hedfanodd pawb i lawr o'r cwmwl. Er 'mod i wedi hen arfer hedfan, roedd rhai o'm

ffrindiau'n nerfus iawn.

'Oooooo!' gwichiodd Sara.

Er mwyn eu cysuro, pwyntiais at smotyn pinc a du yn y pellter.

"Drychwch, bawb – dacw'n tŷ ni! Fyddwn ni ddim yn hir nawr – dilynwch fi!' Gan afael yn dynn yn Sioned a Bwni Binc, symudais i flaen y criw er mwyn eu harwain i lawr. Fflap, fflap, fflap – roedd fy adenydd bach yn gorfod gweithio'n galed!

'O!' gwaeddodd Sioned yn gyffrous. 'Mae popeth yn edrych mor wahanol o fan hyn! 'Drychwch ar yr ysgol a'r parc!'

Wrth i ni ddod yn nes ac yn nes at y tŷ, gallwn weld ffenest fy stafell wely yn y tŵr. Roedd tri smotyn yn symud o gwmpas yn yr ardd – Mam, Dad a Dylan. Yn sydyn, saethodd dau o'r smotiau i fyny i'r awyr a hedfan tuag aton ni.

'O! Diolch byth bod pawb yn saff!' meddai Mam. 'Roedden ni'n becso'n ofnadwy amdanoch chi!'

'Oedden wir,' ychwanegodd Dad. 'Doedd dim golwg o'r cwmwl yn unman!'

'Roedd e wedi diflannu'n llwyr!' meddai Mam. 'Ond dyna ni – ry'n ni bron adre nawr, a phawb yn iawn.'

Hedfanon ni dros ffens yr ardd a glanio'n ofalus ar y glaswellt meddal.

'Mae Dylan wedi esbonio beth ddigwyddodd,' meddai Dad ar ôl i ni lanio yn yr ardd. 'Roeddet ti'n ddewr iawn yn mynd i achub dy ffrindiau, Annalisa.'

'I Sara mae'r diolch,' dywedais. 'Heblaw am ei syniad gwych hi, fe fydden ni'n dal yn sownd yn yr awyr!'

'Diolch o galon i ti, bach,' meddai Mam. 'Hip hip hwrê i Sara!'

Ac er bod wyneb Sara'n goch wrth i bawb weiddi'n hapus, roedd hi'n amlwg wrth ei bodd.

'Arna i oedd y bai,' meddai Mam.

'Doedd e ddim yn syniad da i ddefnyddio cwmwl fel castell bownsio. Y tro nesaf, fe fydda i'n cael un go iawn i ti –

dwi'n addo!'

'NA! Peidiwch!' gwaeddodd fy
ffrindiau.

'Roedd y cwmwl gymaint mwy
o hwyl!' ychwanegodd Sali.

'O hyn 'mlaen,' meddai Dad, 'fe
wnawn ni geisio bod yn fwy normal.
Mae'r parti yma wedi bod yn dipyn o
straen arnat ti, Annalisa fach.'

'NA!' gwaeddodd pawb eto.

'Peidiwch â newid dim, plis,'
ymbiliodd Sioned. 'Ry'n ni wrth ein
bodd gyda'r teulu i gyd – arhoswch fel
ry'ch chi!'

'Ie wir,' cytunodd Osian. 'Mae'n grêt
eich bod chi'n wahanol.'

Ac wrth weld yr olwg hapus ar wynebau fy ffrindiau, fedrwn i ddim stopio gwenu ar bawb – hyd yn oed ar fy nghefnder, Dylan y Dewin!

'Wir yr?' gofynnais. 'Doeddech chi ddim yn becso am fod yn sownd ar gwmwl yn uchel yn yr awyr?'

'Dim o gwbl! Roedd e'n llawer mwy o hwyl na chastell bownsio arferol!' meddai Osian.

'Ond dwi bron â llwgu erbyn hyn,' ychwanegodd Bleddyn.

'Mae'n hen bryd i ni dorri'r gacen, felly!' meddai Dad. 'Dewch, bawb!'

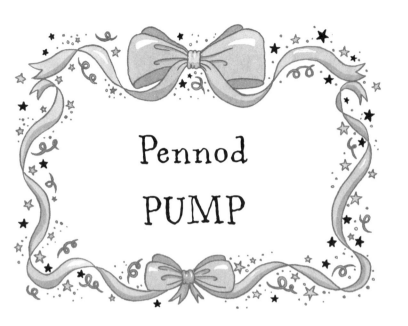

Pennod PUMP

Arweiniodd Dad y ffordd yn ôl i'r tŷ, a phawb yn sgwrsio a chwerthin yn hapus. Wrth weld y gacen binc anferth ar fwrdd y gegin, tawelodd fy ffrindiau'n sydyn. Roedd hi'n gacen ANHYGOEL, wedi'i haddurno â sêr bach ac ystlumod, ac roedd cannoedd o ganhwyllau drosti i gyd!

'Welais i erioed gymaint o ganhwyllau

ar gacen!' meddai Sara.

'Rhai fel'na yw cacennau pen-blwydd tylwyth teg a fampirod,' dywedais yn falch.

'Dewch, blant,' cyhoeddodd Dad. 'Beth am i ni ganu i Annalisa?'

'Pen-blwydd hapus i ti, pen-blwydd hapus i ti, pen-blwydd haaaapus, Annalisa, pen-blwydd hapus i ti!' canodd pawb.

Dechreuais chwythu a chwythu i ddiffodd y canhwyllau, ond gan fod cymaint ohonyn nhw roedd yn rhaid i bawb arall helpu!

Ymhen hir a hwyr, aeth Dad ati i dorri'r gacen.

'Mae'r haen uchaf yn goch, ar gyfer fampirod,' meddai gan estyn darn i Osian.

'Ar gyfer y tylwyth teg mae'r ail haen,' meddai Mam. 'Mae 'na betalau blodau ynddi hi, ac mae'n newid ei blas gyda phob cegaid.'

Torrodd ddarn a'i estyn i Sara.

'Cacen sbwng gyffredin yw'r gweddill,' meddai Dad. 'Pwy sy am gael darn?'

Ond doedd neb yn dangos llawer o ddiddordeb yn honno – roedd pawb yn ysu am flasu cacen y fampirod a chacen y tylwyth teg!

'Iym, mae hon yn flasus iawn,' 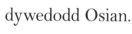 dywedodd Osian.

 'Dyma i ti sudd coch i fynd gyda hi,' meddai Dad gan estyn carton o'r oergell.

'Dyma'r parti gorau i mi fod ynddo erioed!' llefodd Sara.

'Dyna drueni bod y diwrnod bron ar ben,' meddai Sioned. 'Hwrê!' gwaeddodd pawb.

'Peidiwch ag anghofio'r bagiau parti,' meddai Dad gan frysio i'w nôl. 'Dyma ni,' meddai toc, gan estyn bag i bawb.

'O! Beth yw hwn?' gofynnodd Sali gan dynnu rhywbeth o'i bag hi.

'Pecyn o hadau,' meddai Mam, 'er mwyn i ti allu tyfu blodau. Mae byd natur yn bwysig iawn i dylwyth teg.'

'Mae darn o gacen ynddo hefyd,' ychwanegodd Dad yn falch.

'Dwi wedi cael potyn bach o jél gwallt!'

gwaeddodd Bleddyn.

'Coron o flodau sy gen i,' meddai Sara.

'Dyna ryfedd,' meddai Osian, 'past dannedd ges i!'

'Mae hwnna'n stwff arbennig,' eglurodd Dad wrtho, 'i gadw dy ddannedd fampir di'n wyn ac yn lân. Pwysig iawn!'

'Ond … ond … dannedd fampir esgus yw'r rhain,' meddai Osian yn syn. Rhoddodd ei fys yn ei geg a thynnu set o ddannedd plastig allan ohoni.

Bu bron i Dad lewygu yn y fan a'r lle!

'Fe brynais i nhw yn y siop gwisg ffansi,' meddai Osian. 'Dim ond hanner can ceiniog oedden nhw!'

'Wel wir!' ebychodd Dad mewn sioc. 'Chlywais i erioed y fath beth!'

Yn sydyn, canodd cloch y drws ffrynt. Roedd hi'n amser i bawb fynd adre.

Sioned oedd yr olaf i adael. 'Hwyl fawr, Annalisa,' meddai gan roi clamp o gwtsh i mi. 'Diolch am barti gwych!'

'Diolch i ti am ddod,' dywedais.

Ac ro'n i'n ei feddwl e. Bob un gair.

'Ffiw! Am ddiwrnod!' llefodd Dad ar ôl i bawb fynd. 'Dwi wedi blino'n lân!'

'A fi,' cytunodd Mam.

'Mae'n hen bryd i minnau fynd hefyd,' meddai Dylan y Dewin, gan sleifio'n dawel bach i mewn i'r cyntedd.

'O! Dylan! Ro'n i wedi anghofio dy fod ti'n dal yma,' meddai Dad. 'Diolch yn fawr i ti am dy … ym … dy help heddiw.'

Roedd golwg braidd yn euog ar Dylan wrth iddo chwarae gyda'i het bigfain. 'Ie, wel, croeso, Wncwl Caleb,' meddai.

Yn sydyn, trodd ata i.

'Mae'n flin gen i, Annalisa,' dywedodd yn swta, 'fe ddylwn i fod wedi gwrando mwy arnat ti heddiw.'

Ac i ffwrdd ag e, gan sgrialu at y drws ffrynt cyn i mi allu dweud gair.

Wel, am sioc, meddyliais. *Mae Dylan newydd ymddiheuro i mi, am y tro cyntaf erioed!*

Dilynais Mam a Dad i mewn i'r gegin. O'r diwedd, ro'n i'n mynd i gael cyfle i agor fy anrheg ben-blwydd! Eisteddais wrth y bwrdd yn llawn cyffro wrth i Mam estyn y parsel o'r cwpwrdd dan y sinc. Ro'n i ar bigau'r drain!

'Mae'r anrheg yma'n un arbennig iawn,' meddai Mam gan roi'r parsel o 'mlaen.

'Ond heddiw,' ychwanegodd Dad gan wenu, 'rwyt ti wedi profi dy fod yn ddigon hen ac aeddfed i'w defnyddio hi.'

Beth yn y byd yw e? meddyliais wrth dynnu'r papur yn ofalus.

'HUDLATH!' sgrechiais, gan neidio oddi ar y gadair. 'Fy hudlath fy hun o'r diwedd! Diolch, Mam! Diolch, Dad!' gwaeddais, a rhuthro o gwmpas y gegin nes bod gwreichion o'r hudlath yn tasgu i bobman. 'Dyma'r anrheg orau ERIOED!'

Es i draw at Mam a Dad a
rhoi clamp o gwtsh iddyn nhw.

'Croeso, bach,' meddai
Mam yn gysglyd.

Cymerodd Bwni
Binc a fi ddarn arall
o'r gacen, a chrwydro
i mewn i'r neuadd fawr.
Ces i lawer o hwyl yn ymarfer
defnyddio'r hudlath newydd,
gan newid lliwiau rhai o'r
balŵns a gwneud iddyn
nhw hedfan mewn cylch o
'nghwmpas.

Yna eisteddais ar y llawr i edrych ar
y pentwr o anrhegion roedd fy ffrindiau
wedi'u rhoi i mi.

'Roedd e'n barti gwych ar y cyfan,
on'd oedd e, Bwni Binc?' dywedais gan lyfu
gweddill yr eisin oddi ar fy mysedd.

Nodiodd Bwni Binc yn ddoeth.

'Fe aeth pethe braidd yn … anodd ar brydiau, dwi'n gwybod,' dywedais. 'Ond roedd popeth yn iawn yn y diwedd, a phawb wedi mwynhau. Wyt ti'n cytuno?'

Nodiodd Bwni Binc eto, a chwtshio o dan fy mraich.

'Chwarae teg i Mam a Dad am drefnu parti mor arbennig i mi,' dywedais. 'Dwi'n falch eu bod nhw'n wahanol i bawb arall. A dwi wrth fy modd 'mod i'n hanner tylwythen deg, hanner fampir.'

Gafaelais yn un o'r anrhegion o'r pentwr a dechrau ei hagor. 'Ac mae fy ffrindiau i gyd yn arbennig iawn, on'd y'n nhw, Bwni Binc?'

Gwenodd hithau'n gysglyd, a'i llygaid bach yn cau.

'Ac er 'mod i wedi cael pen-blwydd GWYCH,' dywedais, 'dwi wedi penderfynu un peth … y flwyddyn nesaf, fi fydd yn trefnu'r parti!'

Siop Gwisgoedd Ffansi

AR AGOR

Mae Annalisa'n dwlu ar wisgo dillad gwahanol.
Pa un yw dy hoff wisg di?

Balerina

Môr-forwyn

Deinosor

Hufen iâ

Tywysoges

Gwrach

Pa un wyt ti – tylwythen deg neu fampir?

Rho gynnig ar y cwis i gael yr ateb!

Pa un yw dy hoff liw?

A. Pinc   **B.** Du   **C.** Dwi'n hoffi'r ddau!

I ba ysgol hoffet ti fynd?

A. Ysgol yn llawn pethau disglair, sy'n dysgu hud a lledrith, bale, a sut i wneud coron flodau?

B. Ysgol sbŵci sy'n dysgu sut i hedfan yn y nos, hyfforddi ystlumod a sut i gael gwallt sgleiniog?

C. Ysgol lle mae pawb yn cael cyfle i fod yn wahanol ac yn ddiddorol?

Ar dy wyliau gwersylla, wyt ti:

A. Yn codi dy babell â'th hudlath, ac yn mynd i chwilio am antur?

B. Yn codi dy wely plygu pedwar-postyn er mwyn osgoi'r haul?

C. Yn sblasio yn y môr ac yn cael amser da?

Atebion

A yn bennaf

Rwyt ti'n dylwythen deg sy'n hoffi
pethau disglair a byd natur!

B yn bennaf

Rwyt ti'n fampir go iawn, yn hedfan
yn dy glogyn o flaen y lleuad!

C yn bennaf

Rwyt ti'n hanner tylwythen deg, hanner fampir a
chwbl unigryw – 'run fath yn union ag Annalisa Swyn!

Hwyl a sbri wrth ddarllen gyda Ril

 rily.co.uk

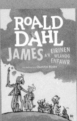

Harriet Muncaster

Dyma fi, Harriet Muncaster!
Fi yw awdur ac arlunydd Annalisa Swyn.
Ie, wir yr! Dwi'n caru pethau bach, bach,
sêr, a gliter ar bob dim.

Cyfres Annalisa Swyn

ANNALISA SWYN

yn mynd i'r ysgol

Hanner fampir, hanner

Harriet

Adda

ANNALISA SWYN

mewn trwbwl

Hanner fampir, hanner tylwythen deg – cwbl unigryw!

Harriet Muncaster

Addasiad Eleri Huws